M102
Seuil
W0462070

Ay, Paloma

Du même auteur
chez le même éditeur

Un chocolat chez Hanselmann
Madame Della Seta aussi est juive
La Porte de l'eau

En collection de poche

Les Routes de poussière (n° 164)
Un chocolat chez Hanselmann (n° 255)
Madame Della Seta aussi est juive (n° 318)

Rosetta Loy

Ay, Paloma

Roman traduit de l'italien
par Françoise Brun

Rivages

Titre original : *Ahi, Paloma*
Einaudi, Turin, 2000

© 2000, Einaudi
© 2002, Éditions Payot & Rivages
pour la traduction française
106, boulevard Saint-Germain – 75006 Paris

ISBN : 2-7436-1021-2
ISSN : 0299-0520

Ils sont encore là sur le pré à bavarder, les mains qui balancent les raquettes de tennis, seule Milly la tient serrée des deux bras contre sa poitrine comme si elle avait peur de la perdre. Ils discutent de la partie qu'ils viennent de faire et les chaussures de toile s'enfoncent dans la douceur de l'herbe, l'un d'eux a des socquettes mais les pieds le plus souvent sont nus dans les chaussures Superga. Ou ce qu'il en reste, de ces chaussures. Giorgio et Marcella portent une tenue blanche, les autres sont habillés comme ils peuvent. La chemise à manches courtes d'Augusto est bleu ciel et sa raquette est une Slazenger, il rejette les boucles de son front en arrière pour donner plus de force à ses paroles. Paola a de gros os et une grande poitrine molle qui se balance de chaque côté quand elle court après la balle, sa chair paraît pétrie de beurre tant elle est claire et lisse, à peine plus colorée aux joues. « Paloma », comme l'appelle parfois Ettore, à cause de la chanson qui dit : « *Ay, una Paloma blanca como la nieve, como la nieve, ay, me has arruinado el alma, como me duele, como me duele…* » et à côté d'elle il paraît encore plus souffreteux, tout engoncé dans son chandail à rayures rouges et bleues ; en tout cas moi je trouve. Mais la mémoire joue des tours étranges, souvent elle superpose une image à une autre, l'après à l'avant. Grand, un peu efflanqué, un bleu qui marque sa joue droite comme s'il s'était cogné à un meuble. Peut-être a-t-il glissé. Ou peut-être juste été heurté par une balle maladroite. Il a encore son mouchoir à carreaux enroulé autour du front pour arrêter la sueur, un de ces mouchoirs qu'on vend sur les marchés de village ; pourtant il ne devrait même pas jouer, il est à la montagne pour soigner les restes d'une pleurite et la sueur est son pire ennemi. Mais comment jouer en pensant à chaque instant à sa respiration ? La petite porte découpée dans le grillage est restée ouverte dans son dos et le vent du soir la fait battre dans un bruit de ferraille.

Le soleil s'en va, prêt à disparaître derrière la montagne. Comment s'appelait-elle cette montagne qui chaque soir l'engloutissait presque d'un seul coup, je ne m'en souviens plus. Je vois l'ombre qui descend telle une langue retirer de la pelouse les dames avec leur tricot tandis que les enfants aux voix aiguës et stridentes s'égaillent comme des chèvres pour redescendre par le sentier. Aiguilles à tricoter et pelotes colorées de laine rangées dans les sacs, les mères avant de les suivre appellent le Nacarun pour qu'il rentre les chaises de toile dans le petit appentis. Là-haut survivent des îlots de crépuscule vert et or sur les prés merveilleusement déserts, abandonnés à leur tour par les vaches revenues dans l'obscurité des étables.

Ma sœur Etta est amoureuse, elle a un visage long et fin et les yeux un peu saillants à force de tousser. Elle offre à la ronde son peigne que Pietro dit Pirro passe dans la masse ébouriffée de ses cheveux (plus tard dans la chambre ma sœur enveloppera soigneusement dans son mouchoir les quelques cheveux restés). Milly est petite et ronde, elle porte un short vert et une chemisette jaune et en bavardant tape avec sa raquette sur ses chaussures de tennis comme un cavalier avec sa cravache sur ses éperons. C'est une réfugiée de Milan et encore avant d'Afrique où son père commandait les Ascaris. Elle a voyagé à dos de chameau enveloppée dans le burnous blanc des nomades du désert et elle a bu dans leurs outres de peau, mangé des dattes géantes. C'est la seule qui ait le droit de jouer du pianola dans le Grand Hôtel Brusson ; mais personne ne veut jamais rester près d'elle parce que sa sueur sent trop mauvais. Comme de l'urine pourrie, dit ma sœur Etta.

Dans peu de temps le soleil disparaîtra, il fera noir, mais ils continuent à bavarder et à discuter comme s'ils avaient toute la journée devant eux. La voix qui domine toutes les autres c'est celle de Pirro et ses phrases partent vite, agressives souvent, toute la masse de ses cheveux soulevée par le vent comme une crinière autour de son visage bronzé. Parfois son rire arrive, dur et féroce ; mais ses yeux, d'un brun qui tire vers l'ambre, peuvent avoir des douceurs soudaines, des tendresses poignantes. En tout cas ma sœur Etta le croit.

Le Nacarun, qui petit est resté pendant deux jours sous l'éboulis qui a enseveli son village, passe le rouleau en ciment pour effacer les traces sur la terre rouge et derrière lui le terrain redevient d'une belle couleur compacte. Le Nacarun dort dans le petit appentis en bois où jusqu'à l'an dernier on vendait de l'orangeade et une crème à vague saveur de chocolat appelée Princeps. Là, dans un coin, derrière les chaises des dames repliées les unes sur les autres, il y a son matelas enroulé autour de ses couvertures comme une grosse saucisse. « *Caossinera, striplà, a val nen tní el cul streit*[1] », siffle-t-il en dialecte entre les quelques dents qui lui restent pendant que le bruit du rouleau couvre un instant les voix des jeunes gens de l'autre côté du grillage. Elle est peut-être pour eux, sa ritournelle, parce que leur raquette encore à la main ils ne se décident pas à rentrer, ou peut-être non, elle s'adresse au destin qui de son village au pied du mont Tignaga l'a envoyé finir dans cet appentis sans même l'ombre d'une femme.

« *Caossinera, striplà, a val nen tní el cul streit.* » Le Nacarun a donné un double tour à la clef de la petite porte du tennis et il nous bouscule presque, son *couplet** cette fois est pour nous. Pour moi, Marilú et Carla, qui bien sûr ne lui faisons pas peur comme pourraient le faire les garçons qui discutent entre eux. Sauf Ettore, lui il ne fait plus peur à personne. Nous devons dégager de là, le Nacarun ne veut personne autour du tennis quand la nuit tombe. Là-bas dans le pré le petit groupe s'est dissous et les garçons, ôtant leurs chaussures de toile, ont remis

1. Approximativement : « Nom de d'là, bordel de Dieu, pas la peine de s'se serrer le cul ». (Toutes les notes sont de la traductrice.)

* Les mots en italique suivis d'un astérisque sont en français dans le texte.

leurs éternelles sandales. Ils se retrouveront après le dîner, si l'on peut appeler dîner ce que propose le Grand Hôtel Brusson. Parfois ils restent à l'hôtel, parfois ils vont chez Paola où il y a dans le sous-sol une grande pièce aux murs de pierre : là ils sont libres de faire de la musique et de chanter autant qu'ils veulent, d'écouter des disques sur le gramophone à manivelle.

Marilú a rejoint Paola, sa sœur aînée, pour qu'elles rentrent ensemble à la maison. Une vieille grange transformée en petite villa, juste après le tournant, où les géraniums sont rouges et gras sur le balcon en vieux bois noirci. Pirro habite avec elles ; mais au lieu de les suivre il part avec les autres sur le sentier de cailloux et de bouses de vache qui descend au village. Avant de passer le tournant, tenant sa sœur par la main, Paola se retourne : « Dis donc, Pirro, lui crie-t-elle, tâche de ne pas rentrer tard... » Casse-pieds, ennuyeuse, faussement sage.

L'humidité monte de l'herbe, il n'y a plus un chien, plus une vache, plus personne. Juste le Nacarun assis sur une pierre devant l'appentis, l'œil rond et immobile fixant ses pieds dans ses chaussures de toile. Un oiseau, un hibou. Une fouine qui attend la nuit. À Carla et moi qui sommes restées seules, cet œil du Nacarun nous met un froid sur la peau, vite nous coupons par les raccourcis, sautant par-dessus les fossés. Et avant qu'Ettore n'arrive dans sa maison à une seule fenêtre, nous avons déjà dépassé tout le groupe qui descend vers le village. Mais ils ne nous regardent même pas et nous entendons leurs voix se perdre derrière nous. Milly qui rit. Elle rit toujours, pour n'importe quoi.

Est-ce qu'on peut être malheureux à douze ans, profondément, totalement malheureux, au point que ce malheur devienne un concentré de tous les battements de cœur connus jusque-là ? Et demeurer en même temps réceptif à la plus petite parcelle de ce qu'on est en train de vivre ? Comme si ce mois d'août avait marqué le partage des eaux entre le calme écoulement de l'enfance et la bousculade impétueuse et désordonnée de sentiments nouveaux, lancés ensemble dans un goulet étroit comme celui où se précipite l'Évançon.

J'avais deux robes cet été-là, l'une qui appartenait encore à la petite fille que je venais de cesser d'être, en coton blanc fleuri avec deux petits champignons en bois accrochés à un col en piqué. Courte et serrée, elle écrasait ma poitrine naissante, petite et dure sous le tissu. L'autre, légèrement décolletée en pointe pour satisfaire à une vague mode pour les adolescentes, était d'une étoffe synthétique entre le bleu et le violet avec une trame serrée de vermicelles rouge électrique dessinée dessus. Le choix s'arrêtait là. J'avais grandi en un an de presque dix centimètres et le cours désastreux de la guerre rendait introuvable n'importe quel tissu un peu correct. Mais j'avais éternellement faim et dans le Grand Hôtel Brusson où nous avions échoué au bout d'un voyage interminable depuis Rome la nourriture était rare, et de nature à inspirer une méfiance proche de la répugnance. Il m'arrivait de rester fascinée à regarder le petit garçon du patron de l'hôtel mordre à belles dents dans une miche de pain lardée de *pancetta*. Sa mère était danoise ; cela aurait dû suffire à expliquer la couleur légèrement rose du gras qui coulait au coin de ses lèvres. Et le Danemark, tout petit et insignifiant sur la carte de l'Europe, prenait dans les matins faméliques du Grand Hôtel Brusson la consistance marmoréenne des cuisses de cet heureux enfant, bien pleines dans ses culottes courtes.

Mon père s'était engagé pour une livre de beurre à surveiller les vaches pendant que le berger montait à l'alpage. Grand, maigre, il était resté le bâton à la main, attentif à ce que les vaches ne s'éloignent pas, pendant que le soleil tombait entre les pics de roche éclairés par les derniers rayons ; jusqu'à ce que le berger réapparaisse en même temps que la lune avec le beurre enveloppé dans une feuille de journal.

Devant la véranda du Grand Hôtel Brusson étaient installées quelques tables en bois flanquées de longs bancs gris et rugueux : là, sous l'ombre des marronniers, j'étais soumise à l'inutile torture des devoirs de vacances. Insipides cahiers tout cornés où j'alignais de longues opérations d'arithmétique aux résultats improbables. Petites histoires ennuyeuses que je devais transformer l'une après l'autre en résumés tout aussi ennuyeux et mal ficelés que je constellais de taches d'encre tandis que l'ombre des feuilles allait et venait sur les pages. Et les épaules engoncées je me perdais à regarder de l'autre côté de la barrière les prairies vertes et lumineuses qui descendaient vers l'Évançon.

Mais il n'était pas là, le malheur. Ni même dans la faim. Ou les mouches que j'avais vues flotter sur une tasse d'huile dans la cuisine de l'hôtel. Ou encore l'appareil pour me redresser les dents, un palais couleur rose nacré auquel était fixé un fil de métal censé faire reculer mes incisives. Instrument d'une technique d'avant-garde, mobile (on l'enlevait pour manger), il pénalisait plus encore un sourire qui avait perdu en l'espace d'une saison les dernières lueurs de grâce de l'enfance.

Je venais de commencer à avoir mes règles, *mes choses*, disais-je, introduite à un jargon qui rendait l'événement visqueux et répugnant. En l'absence de serviettes hygiéniques je me débrouillais avec du papier-toilette quand il était possible d'en trouver. J'ignore pour quelle raison j'étais exclue de l'usage des très précieuses serviettes de gaze et coton ouaté ; en comparaison des *choses* de ma mère et de ma sœur aînée, les miennes, encore en leurs prémices, paraissaient peut-être totalement insignifiantes. Mais il n'était pas là non plus le malheur, ni dans le mal au ventre qui m'immobilisait un après-midi entier, masqué sous d'autres prétextes pour ne pas laisser transparaître la vraie raison.

Le malheur s'appelait Augusto. Tout a commencé la fois où il descendait le long de la route du tennis avec sa chemise bleu ciel et son short en toile marine. Il marchait vite, ses jambes longues et robustes indifférentes aux aspérités du sentier, et les petits cailloux jaillissaient de sous ses semelles. Ses socquettes entre le gris et le beige retombaient en plis mous autour de son talon, avalées à chaque pas par les grandes sandales poussiéreuses. Ses boucles noires, désordonnées, se soulevaient dans la descente et ses yeux se découpaient en fentes minces entre les cils, d'un bleu-vert intense, brillants comme deux petites lames. J'avais l'impression de sentir son odeur d'herbe et de toile sale. Il descendait du tennis et une balle jalousement conservée gonflait encore une de ses poches tandis qu'à sa main droite pendait sa Slazenger, enfermée dans son étui écossais. Sa manche gauche en revanche se balançait, vide, comme le petit drapeau d'un pays englouti par une antique catastrophe : la seule référence au bras perdu consistait en quelque chose d'étrangement mobile, dur, qui agitait par moments ce morceau de tissu. Lui qui autrefois jouait du violon et voulait devenir comme le grand Milstein, il s'arrête et il me regarde. Il ne m'appelle pas par mon prénom, il dit simplement : « Eh, toi. » Il veut savoir si j'ai vu sa sœur Laura. « Oui, oui, elle est en bas à la petite plaine », je réponds. Il ne voit pas où ça peut bien être ce fichu endroit ; alors je le précède vers le lit sec d'un torrent où Laura est restée avec Marilú et Carla. Tandis que nous marchons il me demande si moi aussi je redouble comme sa bourrique de sœur. « Non », je m'empresse de répondre en me tournant vers lui : il me paraît superbe, dur et insolent. Mon regard tombe sur cette manche qui palpite comme si elle avait une vie propre, et je deviens rouge.

C'est ainsi que je suis tombée amoureuse pour la première fois, cœur et tête perdus pour un garçon de Turin avec un bras en moins. Et le malheur a fondu sur moi comme un vautour.

Presque chaque jour, si le temps le permet, je descends avec mes amies à la « petite plaine ». C'est ainsi que nous appelons l'ancien lit du torrent, détourné à l'époque où la mine était exploitée. Une étendue de cailloux blancs et lisses entrecoupée de petites îles de sable où nous nous sentons tranquilles loin de tous les regards inquisiteurs, libres de bavarder et de jouer à nos jeux à nous. Comme faire semblant d'accoucher en se servant d'un vieux baigneur en celluloïd, nous agitant et nous démenant dans les contorsions supposées de l'événement. Mais d'autres fois nous nous asseyons en rond pour jouer au « jeu de la vérité ». Dans ce cas, il est interdit de mentir, sous peine d'encourir le mépris et le rejet du groupe. Souvent le jeu se fait plus déluré et les questions deviennent cruelles, fouillent dans l'intimité la plus secrète. Nous ne nous regardons plus, les voix minaudent et ricanent de nervosité.

Elle a, Laura, les yeux vert-bleu et les boucles noires de son frère. Cela me suffit. Elle est pour moi la maîtresse absolue de la « petite plaine » : quoi qu'elle dise, ou fasse, elle est parfaite. Ma flagornerie est révoltante. Carla et Marilú se mettent en colère, je ramasse par terre mon baigneur martyrisé, je n'en ai rien à faire d'elles et de leurs jeux imbéciles ! Je suis Laura à grands pas en continuant de lui donner raison ; jusqu'à ce qu'elle arrive à l'église où le curé l'attend pour sa répétition de latin. « Qu'est-ce que tu fais après ? » je lui demande. Après, elle dit qu'elle doit faire des mathématiques, inutile que je l'attende. Je vois se dessiner l'ennui entre son nez et son front, dans les fentes de ses yeux soudain opaques : marre de moi, de ma présence obsédante. Alors je m'en vais toute seule méditer ma défaite dans les prés qui descendent vers l'Évançon, prise en tenaille entre mon orgueil blessé et ma peine de cœur. Et dans l'attente d'une mélancolie qui devrait sublimer mon chagrin je reste là à contempler le torrent qui se jette entre les rochers, rebondit et explose en jets d'eau, l'ombre humide du soir qui monte de plus en plus haut. Jusqu'à lécher l'ultime reflet de ciel.

Il se passe quelque chose d'autre autour de moi, je le perçois avec mes sens aiguisés par ma nouvelle situation. Au tennis, je les observe, assise sur le banc au bord du terrain, faisant bouger du bout de la langue le palais mobile de mon appareil ; et pendant ce temps j'essaye de deviner quels liens se tissent entre eux. Ce qu'ils se racontent, Giorgio dit l'Araignée et la blonde Milly, Pietro dit Pirro, Ettore et sa blanche *Paloma*, ma sœur Etta. Giorgio a la tête petite, des jambes longues et agiles, des bras qui s'enroulent comme des lianes autour de la balle rougie de terre : est-ce pour cela qu'on l'appelle l'Araignée ? Ou est-ce plutôt pour la manière insinuante avec laquelle il pose son pull sur les épaules de Marcella quand elle a fini de jouer, comme s'il voulait aspirer sa chair tiédie par la transpiration ? Marcella la belle, Marcella la brune, Marcella la déesse lumineuse du tennis.

Grand séducteur, dit-on de Giorgio. Des dames réfugiées de Turin et de Milan surveillent leurs enfants qui jouent dans le pré juste derrière le grillage. Assises sur les pliants de toile elles regardent par-dessus leur tricot Giorgio qui lance haut la balle, les muscles tendus par l'effort. L'une d'elles sourit les lèvres en cœur. « Celle-là, dit Marilú, elle n'a pas de culotte. – Comment tu le sais ? – Je le sais, tout le monde le sait… » Elle rit. Moi je ne comprends pas, je suis bête moi, et je regarde les jambes croisées de la dame et je ne vois rien, si elle en a une, ou si elle n'en a pas, de culotte. Par moments le vent soulève sa jupe sur ses genoux qui luisent au soleil, et le soleil va et vient sur son visage où de toutes petites taches de rousseur se pressent à la racine du nez : la dame sourit en clignant des yeux entre ses cils pâles, sa langue vient mouiller ses lèvres.

Le claquement de la balle sur le sol est un bruit rond, plein, Marcella court au fond du terrain pour essayer de la saisir au rebond et sa jupette blanche volette pour la joie de ses admirateurs. Chaque fois que son revers produit un résultat inattendu et funambulesque, elle lance un petit cri de surprise. Ses bras sont forts et ses poignets minces, ses jambes bondissent, d'un brun lisse et doré. Elle a seize ans, et quand elle laisse la balle passer de l'autre côté du grillage ils se précipitent tous, à qui la retrouvera le premier dans la pente qui se perd au milieu des noisetiers. Giorgio dit l'Araignée, Pirro, Ettore. Augusto. Oui, Augusto lui aussi.

Elle, elle est cruelle, elle se moque de lui et dit : « Attends, je ne comprends pas, montre-moi encore comment c'est, la circulation du sang… – elle est assise sur le banc et elle tend son bras nu, tout animée encore par la partie. Alors, insiste-t-elle, elle passe où la veine saphène ?... » Elle a son polo blanc déboutonné, son nez est droit et frémissant et une bosse imperceptible au milieu en fait le plus beau nez du monde. Augusto se penche en laissant retomber ses boucles sur ses yeux, forcément il sent la tiédeur de son visage à elle, tout échauffé, et il lui effleure maladroitement de l'index le creux du bras. « La veine sous-clavière, lui explique-t-il, pontifiant, la carotide droite et la céphalique, la veine radiale... » et il devient tout rouge du grand privilège qu'il croit lui être accordé. Il parle, il n'arrête pas de parler, lui qui voulait devenir comme le grand Milstein, et dans son émotion la salive s'accumule au coin de ses lèvres. Les autres autour le poussent à continuer, excités par son sans-gêne à elle. Sur le terrain maintenant couvert d'ombre, le Nacarun chante ses couplets absurdes pendant que le rouleau en ciment va et vient sur la terre rouge. Je fais semblant de regarder son travail et en même temps j'entends leurs voix, l'insistance bornée d'Augusto ; et la douleur est un poignard qui transperce la poitrine.

Cet après-midi-là en revenant du tennis j'ai vu une vipère. Il était déjà tard et elle était entortillée dans le feuillage d'un noisetier. Nous nous sommes fixées un instant, elle et moi : ses yeux impassibles se sont plantés dans les miens ; puis, dans un sursaut soudain, elle a commencé à descendre en glissant le long du tronc comme si elle était huilée. Elle ne montre aucune peur de moi, moi j'ai une peur folle d'elle. Et je cours maintenant comme si j'étais poursuivie, toutes les histoires sur les vipères capables en descente de faire des bonds très hauts pour atteindre leur proie me font redoubler de vitesse, jusqu'à en avoir un point de côté. Mes semelles de bois trébuchent sur les pierres, mes gros *sabots** comme ceux des bergers que maman m'a achetés quand j'ai abîmé ma dernière paire de sandales (*Comment ça une autre paire ?* a dit maman. *Pourquoi est-ce qu'à ta sœur ça n'arrive jamais ?*).

Mais elle, elle est plus grande, elle ne court pas comme moi, elle ne passe pas son temps à trébucher. Elle ne franchit pas l'Évançon en sautant d'un rocher à l'autre. Je ne suis pas moins bien qu'elle, moi…

Ma sœur Etta tousse la nuit. Je la sens s'agiter dans son lit et se précipiter quelquefois ensuite au lavabo pour vomir. Après elle fait couler l'eau mais presque toujours le vomi bouche l'écoulement et toute la nuit l'odeur reste, elle pénètre sous les draps, âcre et nauséabonde. À table aussi elle a souvent envie de tousser. Alors elle doit se lever et partir en courant vomir dans les cabinets. Les autres pensionnaires dans la salle à manger nous regardent avec désapprobation : une jeune fille malade on la garde à la maison, on ne l'amène pas à l'hôtel contaminer les autres. Ils demandent continuellement à ma mère : « Mais qu'a-t-elle donc, cette pauvre petite ? C'est sûr que ce doit être un tourment… » Mais quand elle ne tousse pas, ma sœur se sent bien et mange gaiement tout ce qu'elle a dans son assiette.

Un soir qu'ils écoutaient, ses amis et elle, Milly jouer du pianola, la toux a été si soudaine qu'elle n'a pas eu le temps d'arriver aux cabinets. Elle a vomi, le dos tourné, derrière un fauteuil. Plus tard dans la nuit elle s'est relevée et elle est descendue en pyjama dans la grande salle déserte pour nettoyer derrière le fauteuil avec des journaux.

Et puis il y a l'histoire de madame Brazzoduro qui revient constamment. Ça s'est passé quelques jours après notre arrivée, quand la radio a transmis la nouvelle que *nous nous étions enfin débarrassés de ce butor de Mussolini*. Ainsi s'était exprimé mon père à l'annonce de la démission du Duce.

Après le dîner ç'avait été une grande euphorie à l'hôtel et nous avions trinqué debout dans la véranda avec les autres pensionnaires dans la fraîcheur pétillante de cette soirée de juillet. Sur la place on avait allumé un grand feu de joie où l'on jetait de tout : du buste en plâtre du Duce aux livres poussiéreux conservés sur les étagères de la mairie qui voltigeaient et tournoyaient avant de se tordre dans le feu. En dernier, dans un grand fracas de verre cassé, quelqu'un avait lancé d'une fenêtre de l'école la photographie géante de Bruno Mussolini[1] habillé en aviateur. Le feu s'était transformé dans la nuit en incendie et les pensionnaires de l'hôtel, les mêmes qui avaient trinqué dans la véranda, étaient descendus sur la place pour aider à l'éteindre avec des seaux.

Le lendemain matin ma sœur avait apporté sa contribution en allant peindre en grosses lettres « M[2] MUSSOLINI » sur le mur extérieur du Grand Hôtel Brusson. Aussitôt était arrivée madame Brazzoduro, ses cheveux roux collés par son indéfrisable, son petit corps nerveux et sa peau brillante qui se tendait rageusement sur ses os. « Une honte, criait-elle, une honte, vous êtes

1. Fils du Duce, mort lors d'un combat aérien en 1941.

2. « À bas », symbole graphique symbolisant un *evviva*, « vive » (W), inversé.

tous à lui taper dessus maintenant, vous oubliez les grandes, les très grandes choses qu'il a faites… » Ne savait-elle pas, ma sœur, que le Duce nous avait sauvés des communistes ? Qu'il avait bonifié les Marais Pontins et créé les colonies au bord de la mer pour les enfants prédisposés à la tuberculose, des enfants moins chanceux que nous, qui sinon seraient morts ? Et avant que ma sœur ne puisse répondre à une seule de ses questions, elle lui avait arraché le pinceau des mains en transformant avec ses petites pattes de souris cet *abbasso* en une série de *evviva.* C'était alors que ma sœur lui avait dit : « Imbécile ! »

Imbécile, elle ? Mais qui lui avait appris la bonne éducation à cette jeune fille ? Dans le Grand Hôtel Brusson la voix de madame Brazzoduro avait secoué les consciences : elle n'était pas de ces gens qui retournent leur veste, elle, elle n'avait pas trinqué comme les autres, la veille, et devant l'horreur de ce feu exactement sous sa fenêtre elle avait claqué ses volets. Aux pensionnaires assis sous les arbres pour commenter les grands événements du jour elle demandait maintenant justice de cette insulte ; et à mon père de lui donner satisfaction comme il se devait. « C'est une grossière votre fille, avait-elle dit, vraiment une grossière. » Mon père s'était senti obligé de reconnaître le tort causé : on n'insulte pas de cette manière une dame bien qui défend ses idées, même si elles sont erronées. Par conséquent, même si Mussolini était un butor et que lui-même avait, pour sa part, trinqué avec les autres, ma sœur devait maintenant lui présenter ses excuses. Mais jamais au grand jamais ma sœur n'aurait donné satisfaction à cette sorcière, ne se serait humiliée devant elle. Il n'y avait rien eu à faire. « Madame Brazzoduro a raison, avait alors déclaré mon père, vous êtes grossières, toutes les deux. » Ma sœur d'abord, et moi qui la défendais. Grossières comme nous, c'était mieux que fasciste comme elle.

Mais l'histoire de madame Brazzoduro ne s'est pas arrêtée là. Elle s'est poursuivie au fil des années, alors que les rats s'étaient désormais emparés du Grand Hôtel Brusson et que le vent avait arraché les volets et brisé les vitres, les ronces envahi la pelouse, et qu'il ne restait plus des bancs de bois que quelques planches moisies. Chaque fois que mon père trouvait à redire sur notre comportement elle refaisait surface, comme une pièce archéologique survivant intacte à un naufrage. « Madame Brazzoduro, souvenez-vous de madame Brazzoduro ! » Et la petite dame frémissante qui traçait au pinceau une série de *evviva* renaissait du feu et des ruines. De la mort et de la faim, de l'horreur : pour témoigner de notre grossièreté.

Un après-midi un contrebandier était apparu dans le village. Il était descendu du Vallese pendant la nuit à travers les gorges étroites du Lyskamm, avec de grosses chaussures à clous, et les étoiles hautes et froides dans le ciel. De son sac posé sur l'herbe, après des cigarettes et du sucre, il avait sorti une grosse boîte en métal qu'il avait passée longuement d'une main dans l'autre comme pour en évaluer, stupéfait, le poids. Puis, brusquement, avec le geste d'un jongleur qui semble avoir épuisé tous ses tours, mais voilà qu'arrive, hop là, la merveille des merveilles ! il avait soulevé le couvercle : la crème est dense, luisante, d'un marron profond, elle tremble dès que sa main habilement la fait bouger. La boîte pivote lentement sous notre nez : lui il nous regarde par en dessous d'un seul œil, l'autre, qui louche, fixe un point indéterminé du paysage. De sublimes effluves mêlés au souvenir soudain des œufs de Pâques d'autrefois, papiers d'argent bruissants, disparus dans la nuit des temps, qui s'ouvrent sur des chocolats lisses et bruns comme des peaux mauresques. En silence nous avons inspiré, les yeux mi-clos. Mais cela n'a duré qu'un instant : clac ! le couvercle s'est refermé. Déjà nous courons vers nos parents pour les supplier d'acheter la boîte. Nous renonçons à tout, nous le jurons. Plus jamais de goûters, de lignes pour pêcher, de broches en os imitant l'edelweiss. Plus rien, nous ne demanderons plus rien. Juste cette boîte-là, pour toujours.

Le contrebandier a disparu à nouveau de l'autre côté des montagnes avec son sac vide qui lui bat les épaules, ses grosses chaussures à clous grimpant les sentiers caillouteux ; nous, dans la salle à manger du Grand Hôtel Brusson, nous regardons avec consternation dans notre assiette deux pruneaux nageant dans un liquide indéterminé et douceâtre. Papa nous invite à ne pas faire d'histoires : est-ce que nous nous sommes soumises, nous, à madame Brazzoduro ? Non. Eh bien, il ne s'est pas soumis au chantage odieux d'un brigand à l'œil qui louche…

Il est resté inconnu, s'il a jamais existé (mais il a bien dû exister quelque part), l'heureux acquéreur qui le soir, dans le secret de sa chambre, a voluptueusement plongé le doigt dans l'épais et profond lac de chocolat pour le porter à ses lèvres avec délices.

Dans le fond obscur de nos lits, nous avons longtemps cherché, ma sœur et moi, mais sans arriver à aucune solution. Personne ne nous semble assez riche. Ni Giorgio dit l'Araignée, ni Marcella non plus. Sans parler de Pirro qui joue au tennis avec des chaussures dont il ne reste que l'empeigne. Ettore nous ne l'avons même pas nommé, qui sait ce qu'il peut bien manger dans cette maison avec une seule fenêtre.

Augusto et Laura habitaient à l'Albergo Aquila sur la place. Un balcon en bois faisait le tour du second étage où donnait leur chambre.

Mais Laura ne m'invite jamais à monter. Je ne sais pas comment est cette chambre, je peux juste l'imaginer. Chaque fois que j'ai un bon prétexte je passe devant l'entrée par laquelle on entrevoit un aigle empaillé les ailes déployées. Si j'ai de la chance il arrive qu'Augusto soit sur le balcon, son bras unique posé sur la balustrade, et je tourne alors rapidement la tête de l'autre côté parce qu'en même temps que le bonheur de croiser son regard m'arrive un coup au cœur, pour le malheur inéluctable d'être moi, la disgracieuse. Pour n'avoir rien, moi, de Marcella, ni ses charmantes petites dents de lapin ni ses sandales de toile avec plein de petites lanières vermillon qui s'entrecroisent sur ses orteils délicats. Ou quelques-uns des attraits de ma sœur aînée : un beau sourire, des cheveux bouclés et soyeux.

J'ai, moi, des sabots qui font du bruit et ma robe à vermicelles qui fait mal rien qu'à la regarder, des cheveux courts et lisses d'un châtain indéfini. Le cœur battant, contre tout ce que je désire, j'accélère le pas.

« C'est arrivé il y a deux ans », m'a dit Laura. Entre les jardins des villas à pic sur la mer et les châtaigniers de la colline, alors qu'Augusto pédalait dans la montée, les mains serrées sur le guidon de sa Legnano neuve à trois vitesses. Augusto qui jouait du violon et voulait devenir un grand concertiste, tourner dans les capitales d'Europe avec un Stradivarius dans son étui.

L'Alfa Romeo bleue, partie le matin de Chiavari, allait vers Portofino : sur la banquette arrière, derrière la vitre de séparation, somnolait la femme du consul d'Espagne. C'était le deuxième été de la guerre ; sur le porte-bagages de sa bicyclette, avec sa serviette de bain et son maillot, Augusto avait mis une gourde avec de l'eau : il allait de Santa Margherita à Rapallo retrouver un ami.

Le ronflement de l'automobile qui affrontait la succession des virages ne l'inquiétait pas ; de temps en temps, par une trouée dans les buissons, il voyait la grande lueur de la mer comme un papier d'argent ponctué du blanc des pédalos. Au moment d'aborder le dernier virage, l'automobile est derrière lui mais Augusto ne se retourne même pas, debout sur les pédales il ne pense qu'à Bartali et au col de Tende. Le chauffeur en uniforme beige vient de passer la troisième : c'est à ce moment que le chien a jailli. Un petit chien quelconque. Le chauffeur a appuyé brusquement sur le frein, l'automobile se déporte un peu vers la droite : derrière la vitre de séparation la femme du consul a un sursaut, les rideaux gris tourterelle tirés du côté de la fenêtre ne lui permettent pas de voir. Le sang a éclaboussé jusque-là.

Augusto n'a même pas eu le temps de l'apercevoir, le chien, disparu l'instant d'après dans les fourrés de châtaigniers. Une douleur hallucinante pendant que la bicyclette dérape sous ses jambes et que la gourde roule et rebondit dans la pente : son bras accroché par la poignée de la portière, transpercé de part en part à la hauteur du coude, l'entraîne par terre sur l'asphalte. Il crie, le chauffeur à l'uniforme déjà taché de rouge, elle crie, la dame aux jambes qui sortent par la portière ouverte et que la terreur cloue à son siège : « Il est mort, il est mort ! »

Ce qui est mort en réalité, c'est la musique, celle qui naît sous les doigts. Le monde s'est refermé comme une bogue, perdant ses bleus alizés. Augusto peut toujours devenir un grand clinicien, pour cela on n'a pas besoin de deux bras et de deux mains. L'anatomie le passionne et il passe des heures sur les manuels de médecine que lui offre son oncle, pneumologue et phtisiologue réputé.

Avec un cabinet dans la via Pietro Micca, dit Laura avec fierté.

Marilú connaît beaucoup de détails sur comment naissent les bébés et encore plus sur comment on peut tomber enceinte, mais son vocabulaire est toujours allusif, jamais explicite, seuls sont explicites parfois ses gestes qui satisfont notre curiosité mais nous font faire des grimaces avec la langue tellement ça nous dégoûte.

Elle connaît aussi d'autres histoires qui nous laissent bouche bée, comme celle de la petite fille morte dans l'abri pendant un bombardement. Sans un soupir. Elle raconte qu'elle était couchée sur un des bancs le long du mur et que sa mère lui tenait la tête sur les genoux pendant qu'autour tout tremblait, les murs et le plafond, la lampe au bout du fil électrique ; et le bruit était effrayant. Tout à coup la lumière aussi avait sauté. La mère pour qu'elle se tienne tranquille lui caressait les cheveux ; elle pensait qu'elle était devenue muette à cause de tout ce fracas, ça pouvait arriver. C'est seulement après, quand le signal de la fin de l'alerte avait retenti et qu'elle avait essayé de la relever, qu'elle l'avait sentie toute repliée comme un petit chiffon pendant qu'elle voyait couler de sa bouche un filet de sang : une brique qui s'était détachée du plafond était tombée en plein sur sa poitrine, faisant éclater son cœur.

Dans les nuits de lune passent, très haut dans le ciel, les forteresses volantes qui vont bombarder Turin ou Milan. Minuscules et bien rangées, elles émettent un ronronnement léger, petites punaises d'argent piquetant le tableau noir étoilé. Elles passent par-dessus les pics acérés des rochers et les montagnes aux sommets inaccessibles sans altérer leur formation d'un millimètre, comme si elles devaient correspondre à un dessin mystérieux. Et tandis qu'elles disparaissent dans la merveilleuse tranquillité de la nuit, elles transmettent un étrange sentiment de paix comme des anges brillants volant vers l'infini. Je pense à la petite fille morte avec la bouche pleine de sang et son histoire me semble appartenir à un monde différent de celui où je me trouve vivre. Même la peur éprouvée pendant le premier bombardement de Rome, quand le soir j'avais vu le ciel dramatiquement rougi par les incendies, n'est plus en moi. Le calme de ce ronronnement qui se perd dans l'absolu de la lune accompagne mon sommeil dans le lit près de celui de ma sœur, comme autrefois le petit bonhomme des rêves que j'imaginais venir répandre sa poussière magique sur les paupières des enfants endormis.

Mais le lendemain matin au tennis les dames de Milan se disputent avec celles de Turin à cause des avions qui ont éventré leurs maisons, les magasins, leurs quartiers. Elles se disputent sans qu'on sache pourquoi, comme s'il fallait mesurer qui est le plus malheureux, qui a perdu le plus dans cette misérable guerre, et nous qui venons de Rome on nous regarde avec haine parce que nos maisons sont encore debout, dans les rues la vie y continue, le réparateur de parapluies et le balayeur lancent encore leur cri le matin devant les maisons aux volets à demi fermés. Nous protestons faiblement, ce n'est pas vrai, disons-nous, nous avons été bombardés aussi, le 19 juillet et le 11 août, même qu'ils ont touché la basilique de San Lorenzo... Elles rient avec méchanceté, nous n'avons pas idée, nous, de ce que ça veut dire d'avoir les avions au-dessus de sa tête une nuit sur deux, d'être obligé de dormir tout habillé dans des maisons qui n'ont plus de vitres, prêt à se précipiter en bas au premier hurlement de la sirène. Et de trouver le lendemain matin les rues dévastées, encombrées de ruines, les gens qui creusent à la recherche des morts pendant que les incendies fument encore et coupent la respiration, que l'air empeste le cadavre. Et nous, là, à nous réjouir de leur malheur…

La seule à ne pas s'intéresser à ces avions, c'est la dame aux minuscules taches de rousseur blondes de chaque côté du nez. Son mari n'est pas de ceux qui doivent faire chaque jour en bicyclette le trajet entre les villes bombardées et les villages de la campagne alentour où ils vont dormir. Pour son mari la guerre a pris fin dans un camp de prisonniers au Kenya. Pas un après-midi où elle ne monte au tennis et n'ouvre sa chaise de toile près du terrain contre le grillage. De plus en plus souvent elle pose son tricot sur ses genoux pour suivre la partie jouée par Giorgio, le vent qui soulève sa jupe sur ses jambes fraîches croisées l'une sur l'autre.

Et une nuit, dans la chambre numéro 48 du Grand Hôtel Brusson, à la place du mari endormi dans quelque baraquement perdu d'Afrique orientale, la mère de Giorgio découvre son fils, nu comme le David de Michel-Ange. En nage et blanc de peur. Elle a tapé sur la porte à en réveiller tout l'étage, et la petite fille qui dormait dans la chambre d'à côté s'est mise à pleurer. Après, pendant que Giorgio disparaissait en serrant ses vêtements contre sa poitrine, il a fallu donner à la mère du cognac sur un carré de sucre.

Le lendemain matin tout le monde était au courant de la fuite de Giorgio à moitié nu dans le couloir du deuxième étage. Giorgio, l'« avanguardista[1] » par excellence, exemple vivant de cette « mâle jeunesse » voulue par le Duce, en train de se sauver à moitié nu dans le couloir, pendant que la dame restée seule se barricadait dans sa chambre à cause des coups furieusement frappés contre sa porte.

Quand je suis descendue pour le petit déjeuner je n'ai pas perçu le changement de climat, si ce n'est météorologique. Rien ne peut le matin me distraire du contrôle de l'épaisseur des deux petites tranches de pain posées près de mon bol où la serveuse verse un café au lait de couleur vaguement grisâtre. Milly non plus, assise au pianola dans la salle voisine, ne paraît pas consciente des turbulences nocturnes, et ses

1. Les jeunes garçons étaient enrôlés obligatoirement de 6 à 10 ans dans les « Fils de la Louve » puis de 10 à 14 ans dans les « Balilla » et enfin de 14 à 18 ans dans les « Avanguardista », où ils portaient une arme.

petites jambes rondes vont et viennent sur les pédales par une intermittence savante, le rouleau de la musique qui se dénoue lentement sur les notes de *Tango Algerino* : les chameaux, le burnous blanc, les dunes de sable sous la lune. Les dattes géantes (*mais combien géantes ?*).

Dehors il pleut, la saison est « fichue » et les serveuses débarrassent en hâte les assiettes devant les places vides. Ce n'est pas le scandale, c'est la débâcle, la défaite définitive. La dame, la plus jolie du Grand Hôtel Brusson, au rire cristallin et à la répartie vive, mère aimante et gentiment distraite, est enfermée dans sa chambre. Il paraît qu'elle a déjà demandé sa note. La pluie frappe les feuilles des châtaigniers, trempe les tables en bois et dégouline le long des vitres de la véranda. Le fils du patron de l'hôtel est assis lui aussi en silence devant son petit déjeuner : il est blond, sans couleur, grassouillet ; mais ce matin-là il ne mord pas à belles dents dans du pain au lard ou autre chose que je pourrais lui envier, à moitié endormi il aspire avec mélancolie le contenu de son bol avec une paille. Ma sœur a toussé une bonne partie de la nuit et maintenant la famille qui a ses chambres au même étage que nous la regarde de travers. Ce qui s'est passé au numéro 48 marque le coup final pour une situation déjà au bord de l'implosion. Annule à jamais tout espoir de normalité. Il n'y a plus de règles, plus de pudeur, plus de tolérance ou de pitié.

Mon œil inquiet repère les doigts frêles de Marcella qui se glissent dans ceux de Pirro. Augusto est derrière eux ; lui aussi certainement les voit, et il se raidit. De douleur, de colère de ne pas avoir, lui, comme Pirro, ses deux bras pour pouvoir serrer Marcella contre lui.

Pirro a un visage creusé, une grande bouche aux dents n'importe comment parce que personne n'a jamais trouvé le temps ni l'argent pour l'emmener chez un dentiste aux techniques d'avant-garde. Son père, resté veuf, s'est remarié, et Pirro va de chez un oncle à l'autre. Mais sa mère morte en le mettant au monde lui a laissé en cadeau une vitalité impétueuse et têtue. Le besoin de se faire aimer, toujours et partout. Ainsi la déesse brune du tennis est sienne, même s'il est le plus pauvre. Plus pauvre encore qu'Ettore dont on ne sait pas où il passera l'hiver quand tous les vacanciers auront quitté Brusson.

C'est moi qui les ai découverts l'après-midi où l'orage obscurcissait les rochers et qu'avec mes amies je m'étais sauvée de la « petite plaine », mon pull sur la tête. J'étais restée la dernière parce que mon sabot s'était cassé et je leur avais crié en vain de m'attendre. Carla s'était retournée un instant : « Allez, secoue-toi », avait-elle hurlé avant de se remettre à courir alors que les coups de tonnerre me poursuivaient comme les trompettes du Jugement dernier et que la pluie devenait comme un mur devant mes yeux. J'étais entrée alors dans la première grange que j'avais trouvée : ils se tenaient tellement serrés qu'on aurait dit un seul corps avec deux têtes. Aussitôt Marcella avait roulé plus loin sur la paille, j'y voyais mal parce qu'il faisait noir. « Qu'est-ce que tu fais là ? » avait-elle demandé, agressive. Son short était mouillé, collé contre ses cuisses, on aurait dit un garçon. Je m'étais justifiée dans un souffle : « Il pleut. » Mais maintenant ils rient, tous les deux ils rient : l'eau me dégouline de partout, de mes cheveux, de ma robe, du sabot dans ma main. « Viens là, que je te le répare », a dit Pirro. Je lui ai tendu mon sabot mais je n'ose pas m'asseoir dans la paille à côté d'eux et je reste debout pendant que l'orage continue de faire claquer la porte dans mon dos.

C'est ainsi que j'ai eu un sabot attaché avec du fil de fer, un sabot glorieux, réparé par Pirro tandis qu'il était couché dans la paille et que les coups de tonnerre s'éloignaient dans le piétinement furieux de la pluie sur les tuiles, et qu'il tordait le fil de fer de ses grandes mains calleuses, toutes chaudes du corps de Marcella. Je l'ai gardé pendant des années, ce sabot, quand le tennis était noyé sous les mauvaises herbes et que l'Évançon n'était plus qu'un maigre filet d'eau sur les pierres, toute sa force lumineuse disparue on ne sait où, prisonnière peut-être de quelque turbine électrique. Quand Pietro était devenu un historien réputé et que plus personne n'aurait osé l'appeler Pirro, les gens dans la rue le reconnaissaient et voulaient lui serrer la main parce qu'il était resté fidèle à un choix payé au prix du sang. Un choix de liberté et de justice, juré sur ses camarades morts.

Une fois le sabot réparé, Pirro me l'a bourré de paille sèche, je ne sais pas comment le remercier. « Il suffit que tu jures de ne dire à personne que tu nous as vus ici. Dis : je le jure. – Je le jure », j'ai répondu en mettant la main sur mon cœur, je ne le raconterai ni à Carla ni à Marilú et même pas à ma sœur Etta. « Si la mère de Marcella le sait, elle me tuera », a dit encore Pirro. Mais ils sourient tous les deux, des yeux plutôt que des lèvres, ils sont heureux et ne tremblent pas de froid comme moi parce qu'ils sont restés enlacés très longtemps et se sont donné qui sait combien de baisers. Si je ne devais pas m'en aller dès que la pluie ralentira son martèlement sur les tuiles, je sourirais moi aussi, parce que je suis la seule à avoir un sabot réparé par Pirro.

« Si Marcella est amoureuse de lui, alors Augusto n'a aucun espoir… – Mais tu ne sais donc pas qu'on peut être amoureux de deux personnes en même temps ? » Elle me glace. « Flirter avec un et en même temps se peloter avec un autre ? » Marilú dit « flirter » et « se peloter ». Deux mots que je trouve très affranchis ; mais quand je les répète devant ma sœur, elle a une grimace de dégoût : « *Flirter*, passe encore, dit-elle, mais *se peloter*, arrête, c'est dégoûtant. Qui t'a appris ça ? »

Jusqu'au moment où est arrivée la grande occasion, celle qu'on attend des semaines durant et qui pourrait aussi bien ne jamais arriver. J'ai demandé à Etta qu'elle me prête sa jupe-pantalon, mais elle m'a répondu non. « Pas pour être méchante, a-t-elle dit, mais tu abîmes toujours tout, et cette jupe c'est la seule bonne qu'il me reste. »

Alors j'ai mis ma robe à vermicelles rouges et aussitôt franchie la barrière j'ai ôté mon appareil. Laura et Augusto sont déjà dans le pré qui descend vers l'Évançon. Le vent fait du bruit dans l'herbe haute et mes sabots piétinent les fleurs jaunes et les marguerites, je sens l'appareil ballotter dans ma poche. Augusto se tient les jambes écartées à cheval sur le ruisseau qui traverse le pré : « Des grillons ça serait l'idéal, me dit-il en clignant les fentes bleues de ses yeux, parce que quand tu les enfiles sur l'hameçon ils ne meurent pas tout de suite et ils continuent de s'agiter. C'est ce qui trompe le mieux les truites, et tous les poissons en général… » Comme toujours il est pontifiant, pédant, et tandis qu'il parle sa main aux doigts longs et forts continue de tirer des vers de la terre comme si c'étaient des élastiques. « Tu serais capable, toi, d'en attraper un, de grillon, ou encore mieux une sauterelle ?… – Oui, j'en ai attrapé plein de fois. » Je mens. J'ai déjà menti à Laura quand elle m'a demandé si je me sentais capable d'aider son frère à chercher des vers : les vers en réalité me font un effroyable dégoût. « Je garde le bocal, dit-il encore pendant que le vent agite sa manche vide qui semble palpiter d'une vie propre, toi à mesure que tu trouves quelque chose tu me l'apportes ici. » Il est gentil et je vois sa langue qui bouge entre ses dents, ses lèvres un peu humides et ses boucles très noires que le vent ébouriffe sur son front.

Mais ce n'est pas si facile d'attraper un grillon, je m'en apercevrai bien vite. À peine ai-je tendu la main le plus prudemment possible, qu'avant même d'arriver à la refermer autour du petit corps en équilibre sur une brindille le grillon a déjà sauté et disparu dans les profondeurs de l'herbe. Je vois Laura non loin de moi qui creuse dans la terre pour retirer des vers et l'air gonfle sa jupe. Une sauterelle, me dis-je ; et l'intensité de mon désir se confond dans ma poitrine avec les battements de mon cœur. J'avance avec précaution dans les marguerites et les épis de blé sauvage qui sifflent et plient sous mes sabots, et le soleil me paraît plus fort et plus riche d'azurs, le pré qui descend vers l'Évançon plus parsemé de fleurs et mon pas plus assuré. La faim, la guerre, la pénurie de vêtements et de chaussures, qu'est-ce en comparaison de la sauterelle que je vais bientôt attraper, de la journée qu'il m'est donné de vivre. Il me semble même être presque jolie avec ma robe décolletée en pointe et mes cheveux que le vent fait bouger sur mon visage.

À présent je cours vers Augusto, le poing fermé : « J'en ai attrapé un, crié-je triomphante, j'ai attrapé un grillon ! » Je le sens qui s'agite et chatouille ma paume, l'herbe frotte violemment contre mes vieilles croûtes aux genoux, mon serre-tête glisse de mes cheveux. Augusto est toujours penché, les jambes de part et d'autre du ruisseau : il se relève et me regarde, il regarde mes doigts serrés. « Donne-le-moi », dit-il en tendant une paume grise de boue. Sur cette paume je pose ma main au poing serré, je la lui abandonne en même temps que mon cœur, et un serment de fidélité éternelle pour le meilleur et pour le pire. Ses doigts se referment avec force autour des miens. J'ai la bouche sèche. Vu de si près, son visage m'apparaît grand, transparent le bleu verdâtre de ses yeux, grande sa bouche aux lèvres humides, grandes ses dents. Je peux distinguer à présent le grain de sa peau avec les vaisseaux, comme des fils minuscules plus vifs, qui parcourent ses joues au teint clair. Je reste immobile, frappée par cette vision rapprochée comme si je n'avais pas jusqu'à ce jour perçu sa dimension réelle et que maintenant seulement, pour la première fois, je la découvrais bien au-delà de ce que j'avais imaginé. Mes doigts, immobilisés par l'émotion, sont paralysés à l'intérieur des siens.

Jusqu'au moment où sa voix m'arrive comme un coup de fouet : « Tu vas l'ouvrir, oui ou non, cette main ? » La voix agressive, énervée, et le regard vert-bleu qui me fait me sentir comme une idiote, pire, comme la plus stupide des naïves. Comme liquéfiés mes doigts se sont dénoués tandis que l'élan qui m'a fait attraper le grillon dans un bond glorieux se rétracte pour faire un nœud au fond de ma gorge. Ma main vide et moi nous sommes là, molles et informes tandis que l'après-midi s'effondre dans une grande confusion de bruits. Laura de loin me crie quelque chose que le vent emporte, dans l'air les mots résonnent comme du métal, glacent mes bras nus. « Il faut que j'en cherche d'autres ? » ai-je demandé en essayant de contrôler ma voix pour qu'elle ne tremble pas. « Non, laisse tomber... » Sans même me regarder, son unique main s'employant péniblement à faire descendre le grillon à l'intérieur du bocal.

Il est retourné à ses vers, le dos courbé dans sa chemise bleu ciel, ses larges sandales qui enfoncent dans la boue. Les socquettes retombant autour de ses talons.

Et puis il y a eu l'armistice du 8 septembre et l'onde de choc s'est abattue sur le Grand Hôtel Brusson, emportant jusqu'au dernier pensionnaire. À une première réaction euphorique (il n'y avait plus de madame Brazzoduro pour gâcher la fête) s'est bientôt substituée la frayeur. Le soir déjà, alors que les serveuses au petit tablier blanc arrivaient avec les plats du dîner, circulait dans la salle à manger un air de démobilisation, une attente chargée d'anxiété. Les garçons les plus grands ne cessaient d'entrer et sortir par la porte centrale, messagers de nouvelles de plus en plus alarmantes tandis que la radio allumée en permanence dans le petit salon vert n'apportait aucun éclaircissement utile sur ce à quoi les Italiens devaient s'attendre dans l'avenir immédiat.

Dans la confusion générale Carla et moi avons obtenu la permission de suivre les « grands » qui allaient chez Paola. Il y a du vent et les nuages par moments cachent les étoiles, les cailloux sur la route brillent et résonnent sous nos pas. Les grands ont déjà commencé à discuter entre eux et les voix retentissent dans le silence de la route resserrée entre les maisons. Une fois arrivés là-bas, ils sont tout de suite descendus dans la grande salle, et aussitôt débarrassés de leur veste se sont remis à discuter comme des fous. Marcella et Pirro sont contre Giorgio et leurs voix s'élèvent de plus en plus excitées, autoritaires et agressives. « *Si, une trahison* », hurle Giorgio. « *Non, pas une trahison* », hurlent les deux autres encore plus fort. Milly ne sait pas de quel côté être, un moment elle donne raison à Pirro puis se mordille les ongles et se tait pour écouter Giorgio.

Ettore les regarde sans rien dire, appuyé contre le mur, pour lui les choses sont en train de devenir terriblement compliquées : il est juif,

Ettore, et de Turin ses parents ont essayé tout l'après-midi d'entrer en contact avec lui. Finalement sa mère a réussi à lui parler, elle pleurait et au milieu des larmes lui a dit de rester où il était, que la ville est déjà pleine d'Allemands, ils vont essayer avec son père de lui envoyer de l'argent pour qu'il passe en Suisse. Mais Ettore voudrait maintenant juste écouter une fois encore le disque de la *Paloma*, l'écouter avec Paola. Ils avaient même dansé dessus le soir du 15 août pendant que les autres autour tapaient dans leurs mains tellement ils imitaient bien un couple d'amoureux espagnols.

Mais les autres se disputent tellement fort qu'on n'arrive plus à entendre, pas la peine de tourner la manivelle du gramophone pour qu'il joue. Milly s'y est mise à son tour et sa voix monte plus haut que les autres. « C'est vrai, crie-t-elle, Giorgio a raison, on est alliés avec les Allemands, et maintenant on se retire du jeu et on les lâche au pire moment. – Elle est drôle, elle – c'est Pirro qui l'attaque –, comme si les Allemands étaient de pauvres petits agneaux : *a bsogna mostreje ij dent al luv...* hurle-t-il, le loup il faut lui montrer les dents. – Quel rapport ? C'est une trahison quand même ! »

Les voix sont si fortes que la mère de Paola est descendue voir pourquoi ce vacarme. S'ils n'arrêtaient pas, avait-elle dit, elle les envoyait tous dehors sous la pluie s'éclaircir les idées. « L'heure est grave, jeunes gens, avait-elle ajouté, essayez d'avoir un peu de cervelle ! » Il avait commencé à pleuvoir, mais personne ne s'en était aperçu : encore pleins de colère ils s'étaient tus, comme si brusquement ils recommençaient à entendre.

Mais aussitôt que la porte s'était refermée derrière la mère de Paola, les notes de la *Paloma* avaient retenti dans la grande salle. Elles flottaient, rondes, mélancoliques et sensuelles dans le martèlement de la pluie : « *Ay, una Paloma blanca como la nieve, como la nieve, ay, me has arruinado el alma, como me duele, como me duele*… » Pirro s'était alors approché du gramophone et avait ôté le bras du disque avec colère. « Arrête avec ces pleurnicheries, avait-il dit à Ettore, depuis le début de l'été tu nous casses les pieds avec cette *Paloma* ! » Il était furieux ; la mère de Marcella avait déjà préparé les valises, et Marcella partait le lendemain matin par le premier autocar. Dehors on entendait le vent grandir et faire claquer les volets, dans la grande salle l'humidité transpirait des murs et par endroits faisait des taches au plafond.

Paola restait assise dans un coin à fumer, tirant sur sa Giubeck comme s'il allait en sortir la solution des problèmes de l'univers, sa grosse poitrine qui paraissait tomber sur ses genoux. Elle n'avait pas pris part à la discussion, elle, *trahison ou pas trahison*, rien ne pouvait lui être plus indifférent. Peut-être que maintenant son frère allait revenir de Russie, on apprendrait enfin ce qu'il lui était arrivé : ça oui c'était important !

Le seul à dormir tranquille sur son matelas posé par terre c'est le Nacarun à qui personne n'a dit que son roi, par l'intermédiaire du général Carboni, a signé l'armistice avant de disparaître dans le néant. Personne n'a pris la peine d'aller jusqu'à l'appentis en bois pour l'informer qu'à partir de ce moment, lui, le Nacarun, n'est plus en guerre contre les Anglais et les Américains mais doit défendre son pays de « *toute attaque d'une autre provenance* ». Il dort, dans cette nuit de pluie et de vent, la couverture remontée sur sa tête, et la respiration qui ronfle là-dessous a la puanteur aigre du vin.

Laura et Augusto partaient eux aussi par le premier autocar. Sur un bout de papier quadrillé Laura m'a laissé sa nouvelle adresse : *Cascina della Crocetta / Carmagnola (Torino)*.

À sept heures du matin il fait déjà froid, ma sœur dort tournée vers le mur. Pour éviter les questions j'essaye de ne pas faire de bruit pendant que je me rince la figure et que je me peigne devant la glace, enfile mon manteau en gabardine bleue, jadis la pièce maîtresse de ma garde-robe. Il est trop étroit, et mon ourlet dépasse. Dehors il y a une lumière rose et or, et un vent léger pique les joues, je glisse mes mains dans mes poches pour les réchauffer. C'est beau le matin tôt à la montagne quand l'été arrive à sa fin et que les couleurs sont limpides, à peine émoussées par une brume légère sur les cimes les plus hautes. La place du village est vide et par terre sèchent les flaques laissées par l'orage de la nuit, à l'arrêt il n'y a personne et debout devant le panneau je lis une fois encore l'horaire. Puis je me mets dans un rayon de soleil pour me réchauffer, le regard sur la porte d'entrée de l'Albergo Aquila. *Cascina della Crocetta, Carmagnola* : je le sais déjà par cœur. Le clocher sonne sept heures et quart, je vérifie à ma montre puis je regarde le café en face, au cas où il en sortirait quelqu'un qui doit prendre l'autocar. L'attente se dilate dans le silence et lumineuse elle envahit chaque recoin de mon esprit, chaque angle de la place. L'aiguille au clocher avance, lente et sûre d'elle : sept heures et demie, sept heures trois quarts. Huit heures. La place n'est plus déserte, des hommes arrêtés devant le café discutent et les vaches vont au pré en balançant leur grosse cloche, les bruits grandissent et gâchent l'harmonie admirable du moment où je suis arrivée, quand la place semblait n'être pleine que de mon attente. La lumière aussi a perdu son or et son rose, elle est compacte à présent sur la façade de l'Albergo Aquila, elle va bientôt envahir la moitié de la rue. Pendant un instant le croassement lointain d'un moteur me fait espérer l'impossible et je me tourne vers le virage pour percevoir la lourde respiration de l'autocar, le crissement des roues sur les gravillons.

Et puis quelqu'un a ouvert la fenêtre sur le balcon en bois de l'Albergo Aquila et les pieds d'une femme de chambre ont fait trembler les planches : sur la balustrade, au soleil, sont apparus des couvertures et des oreillers, la femme de chambre les bat l'un contre l'autre. Alors seulement j'ai rassemblé mon courage et je suis entrée dans le café : un homme est en train de ranger les bouteilles derrière le comptoir : « À quelle heure passe le premier autocar ? » ai-je demandé en essayant de sourire pour que ma question soit sans inquiétude. « Oh, il y a un bout de temps qu'il est passé ! » Il s'est retourné pour regarder une feuille accrochée au mur : « Il est vieux cet horaire, c'est encore celui de l'an dernier, a-t-il ajouté, cette année ils ne l'ont même pas réimprimé. Du coup ils passent quand ils veulent. » Voilà, c'est fini.

Après, les journées se sont repliées les unes sur les autres. Nous avons déménagé à l'Albergo Aquila parce qu'on y donnait plus à manger. Ma sœur et moi avons eu la chambre sur le balcon en bois, celle de Laura et Augusto. Elle est grande et sans meubles, et sur le vieux lavabo de pierre, dans un coin, une prune flétrie est restée. Je l'ai prise et je me suis dit que je pouvais la garder en souvenir. Être dans cette chambre et dormir dans le lit où Augusto dormait peut-être ne m'apporte aucune émotion, mes sentiments sont comme des arbres dont l'écorce est enlevée.

Nous sommes restés encore une semaine puis nous sommes partis à notre tour. Les trains maintenant ne roulent presque plus et avec un billet de première classe, après bien des négociations, nous avons réussi à monter dans un wagon à bestiaux vide. Mais le voyage précaire, long et fragmenté, s'étirant lentement dans le soleil et les foins dans les champs, nos jambes pendant à l'extérieur du wagon, m'a aidée à sortir de la douleur. Le changement de paysage, notre installation insolite dans la paille, l'air frais et les secousses du train qui risquaient à chaque coup de frein brutal de nous projeter dessous, nous donnaient à ma sœur et moi, contre toute logique, un sentiment d'allégresse et d'éternité.

D'elle, je n'ai pas encore parlé. Je l'ai longtemps confondue avec les mauvais rêves. Dans cet été qui a marqué des frontières si précises, elle était là, tapie dans un coin. Mais pendant longtemps je l'ai niée, je ne savais pas lui donner de lieu ni de sens. Elle sortait des rangs, elle appartenait à l'horreur. Pour finir j'ai dû céder et son image a découpé la place que je lui avais interdite : détail après détail j'ai retrouvé la poussière et le noir, l'aigu de la voix, la couleur inhumaine de ce vêtement qui se traînait parmi les pierres. *Elle couchait*. Avec qui, je ne sais pas, peut-être quelque ivrogne, quelque malheureux comme elle. Comme elle, à la vérité, c'était pourtant impossible. Elle était femme pour une moitié seulement, ébouriffée et braillarde. Un torse sans jambes qui se traînait en rampant sur la route caillouteuse parmi les bouses de vache avec ses mains devenues plates, dures comme des pattes d'animal. Quand elle arrivait en bas, venant de je ne sais quelle caverne, elle criait, je ne comprenais pas quoi. Son vêtement noir était un chiffon dans la poussière et elle avançait par bonds (était-ce cette vision d'elle qui m'avait terrorisée face à la vipère ?). Je ne voulais rien savoir d'elle. Jamais je n'ai posé de question, ni à ce moment-là ni plus tard, et je n'ai entendu personne en poser. Ni Marilú ni Carla, ou Laura, quand nous jouions dans la « petite plaine », n'ont jamais dit son nom ou rendu son existence réelle. Pourtant son cri strident devait être terrible dans ce paysage alpin limpide comme celui des tableaux, il devait déchirer le papier où étaient dessinés le tennis et le bosquet de noisetiers, les dames assises sur les pliants de toile avec leur tricot travaillé au point Mussolini. Le bruit de la balle sur le sol, les voix de Paola et le rire de Milly, la tenue blanche de Giorgio quand il s'élance pour frapper un revers et que la dame de l'autre côté du grillage lui sourit avec toutes ces petites taches de rousseur blondes à la racine du nez. Il devait gicler comme de l'encre sur les prés descendant vers l'Évançon, les frêles brins d'herbe pliés par le vent où nichent les grillons. Sa voix, une morsure infecte dans la douceur alanguie de la *Paloma*.

Trahison, pas trahison... De ces jeunes gens debout là près du tennis, un seul, Giorgio, avant même d'avoir l'âge s'est présenté comme volontaire au siège des Brigades noires de la via Fiamma à Milan, en mentant sur sa date de naissance. Sa mère connaissait des gens haut placés, des préfets et des officiers de la Wehrmacht, et elle a cherché à récupérer son fils qui n'avait pas encore dix-huit ans. L'ambassadeur d'Allemagne s'en est mêlé lui aussi, mais il n'y a rien eu à faire. Poignard au côté et symbole de mort sur la poitrine, Giorgio qui plaisait tant aux dames qui s'asseyaient pour tricoter est prêt pour la gloire des causes extrêmes, pour la violence qui voudrait racheter dans le sang la trahison du pacte. Il a d'abord tiré sur une cible en criblant de trous tout ce qui était autour, avec le béret rejeté en arrière sur la tête et le large pantalon gris-vert des fidèles de Mussolini. Ensuite, dans les bois au-dessus du lac Majeur, il a pointé sa mitraillette sur les partisans tapis dans les pentes des montagnes. La chorégraphie de mort de la nouvelle République sociale glorifie son phallus à peine sorti de l'adolescence, échauffe les pulsions de sa tête plutôt que celles de son cœur. Après tous ses travaux guerriers, dans une chambre de l'hôtel réquisitionné par les vengeurs de la République de Salò, ce n'est plus la gracieuse dame du Grand Hôtel Brusson qui éprouve sur elle-même la force de ses muscles. Dans les velours et les stucs un peu défraîchis, Giorgio a maintenant une vraie maîtresse. Une jeune fille, une traditionaliste comme lui, qui garde près de l'image de la Sainte Vierge la devise des S.S. : *Gott mit uns*. Il faudrait bien autre chose que sa mère pour l'arracher à sa nouvelle vie, cette voie sur les rails de laquelle il a commencé son voyage et qui l'enserreront comme des tenailles jusqu'à faire jaillir son sang.

Pirro est allé dans l'autre direction, et s'ils ne se sont pas retrouvés face à face c'est seulement par hasard. Son choix a été plus lent, plus douloureux et moins glorieux, si tant est que la gloire soit un but. Une sorte de parcours d'apprentissage où chaque jour ses muscles devenaient plus durs et ses pensées peinaient à sortir du magma des émotions pour trouver une raison d'être.

Ce fut un mois de septembre triste que celui de Pirro, plus triste encore celui d'octobre avec les pluies qui dégringolaient des montagnes et rendaient les routes glissantes. Ses cousines qui n'avaient plus leurs amis se disputaient sur chaque détail de la vie quotidienne, et il devait se boucher les oreilles pour préparer au moins un examen à l'université, sans savoir quand il pourrait s'y présenter ni même s'il le pourrait. Il fait froid et le seul poêle est pour « les petites », comme sa tante appelle Marilú et Paola, il n'a qu'à se débrouiller avec les vieux châles de la grand-mère. Mais les études, Pirro le sait, sont la seule porte de sortie de ce petit purgatoire familial où le miel coule toujours et toujours du même côté sans jamais adoucir ses mélancolies. Un rebelle, dit de lui son oncle. Mais qu'est-ce que ça veut dire, rebelle, pour quelqu'un qui voudrait juste exister sans percevoir à chaque moment la dimension incontrôlable de sa propre présence, de son corps qui se dilate, dans tous les sens, des pieds jusqu'à l'estomac, au cerveau ; quand tous ses élans se perdent dans les sons mats de l'aride quatuor familial.

Et puis il y a Marcella, partie dans l'or de l'aube, les yeux lourds de sommeil, l'autocar qui abordait les virages en klaxonnant et la ballottait d'un côté puis de l'autre. Un moment amer quand ils se sont dit au revoir comme si de rien n'était, leurs pensées vers les caresses perdues. À jamais. Elle est belle, Marcella, ses petites dents de lapin rendent son sourire irrésistible, son corps est léger, fuyant et souple ; et puis il y a ce nez incomparable avec la bosse imperceptible, prêt à frémir à tous les plaisirs du monde. Aussitôt descendue de l'autocar elle aura trouvé à l'attendre des nuées d'amoureux, en piste pour lui faire oublier la grange où lui, Pirro, étendait sa veste pour que la paille ne pique pas sa peau admirable. Dans cette grange, quand la pluie frappait le toit d'ardoises ou que le soleil filtrait en lames d'or sur son visage ravissant, il la couvrait de baisers, son corps serré contre le sien. Et même s'il ne l'a jamais possédée au sens biblique, de ce corps ils ont joui longuement ensemble. Ce sera à d'autres maintenant : maudite guerre qui n'a jamais de fin, même quand, un instant, elle paraissait terminée !

L'eau fait des coulées sur les vitres, plus que la pluie c'est la condensation du brouillard et l'odeur des pommes se mêle à celle des feuilles brûlées. Ses oncles parlent de passer l'hiver là-haut en attendant des jours meilleurs. Les deux filles pourront continuer leurs études au collège à Ivrea ; quant à Pirro, il peut bien perdre une année puisqu'il a deux ans d'avance. Et après la mobilisation en masse ordonnée par le général Graziani, moins il se montrera et mieux cela vaudra.

Le désespoir a les petits caractères de son livre d'Histoire du Droit romain, les pages couvertes en marge de longues colonnes de notes. D'autres se sont concentrés avant lui sur ce texte, peut-être eux aussi des amoureux en abstinence, des jeunes gens pauvres abandonnés par les déesses lumineuses de la terre. La solitude est profonde, c'est une vapeur semblable au brouillard qui emplit la vallée, sans voix et sans espoir. Tout le monde est parti, Ettore seul est resté, barricadé dans la maison qui n'a qu'une fenêtre. Depuis que le bruit a couru que les Allemands viennent prendre les Juifs jusque dans les montagnes, il n'a même plus ouvert les volets. Parfois, la nuit, il monte au tennis prendre la nourriture que le Nacarun achète pour lui au village. Au café sur la place certains disent qu'il a plein d'argent de côté pour payer son passage en Suisse. D'autres aussi parlent de groupes d'anciens soldats et de jeunes réfractaires à la mobilisation qui s'organisent dans les montagnes pour combattre les Allemands et rendre leur honneur perdu à des mots comme liberté et justice. Le soir, ceux qui réussissent à capter Radio Londres parlent de messages bizarres qui ressemblent aux phrases d'un abécédaire : *La mela è rossa. Giuseppe ha il morbillo*[1]... Ce sont des signaux codés pour les jeunes qui écoutent dans les bois et dans les cabanes de berger. Certains les appellent des patriotes, d'autres des partisans. Les Allemands et les fascistes, eux, les appellent des bandits ou des communistes de Badoglio, et ils les traquent pour les tuer.

Quand il a su qu'un Einsatzkommando de S.S. était arrivé dans le village voisin, Ettore a essayé de joindre Paola. Il y a presque un mois qu'ils ne

1. La pomme est rouge. Joseph a la rougeole.

se sont pas vus, sa mère à elle le lui a interdit : ce n'est pas bien qu'une jeune fille rende visite à un jeune homme seul dans une maison. Et puis un Juif c'est devenu dangereux. Le Nacarun est passé lui donner un mot écrit en cachette ; plus tard, quand l'obscurité est venue, elle a pris le chemin du tennis. Elle avait une de ces lampes à dynamo qu'on charge manuellement : le faisceau de lumière est remonté jusqu'au visage d'Ettore, jusqu'à ses yeux dilatés où la pupille semble avoir mangé tout le gris de l'iris : ses joues sont pâles, sa barbe a poussé. Un bonnet de laine descend jusque sur son front et il paraît encore plus efflanqué. Comme elle est loin la musique de la *Paloma* en cette nuit marécageuse, avec le tennis envahi par les feuilles et le rouleau abandonné dans un coin. Lentement Paola s'est approchée pour poser ses lèvres sur les siennes, la lampe comme un corps dur entre eux. La bouche d'Ettore s'est ouverte aussitôt pour l'aspirer comme s'il voulait arriver jusqu'à ses entrailles, la grosse poitrine molle de Paola qui se presse contre lui. C'était leur premier, unique, très long baiser. Le Nacarun a ouvert en grand la porte de l'appentis, il a crié : « *Cristo, chi ajè là ?* », qui est là ? Comme les renards il perçoit immédiatement les présences étrangères, les petits bruits insolites. Paola s'est écartée et la lampe est tombée par terre. « C'est moi, Ettore, attends-moi j'arrive, j'ai fait tomber mes clefs. » Le Nacarun est rentré dans l'appentis en laissant la porte ouverte. « Je dois te demander un grand service, a dit alors Ettore à voix basse. – Demande », a-t-elle répondu : elle est restée à deux pas de lui, il l'entrevoit à peine. « Je sais que je suis en danger, dans le village ils savent sûrement que je suis caché dans la maison, quelqu'un pourrait parler. Vous avez cette grande salle du bas, j'ai pensé que je pourrais me cacher là pendant quelques jours... Je n'aurais même plus besoin de sortir, tu pourrais m'apporter à manger. – Mais il n'y a même pas de lit ! a répondu Paola. – Ne t'inquiète pas, je me débrouille très bien, ce n'est pas ça le problème. Je ne dérangerais personne. » Paola est restée un instant silencieuse : « D'accord, a-t-elle dit ensuite, dès que j'arrive à la maison j'en parle à maman. De toute façon c'est toujours elle qui décide. – Pour moi, ce serait un service immense, a dit encore Ettore, comme ça je ne serais même plus obligé de sortir. Chez vous je me sentirais tranquille parce que la maison est isolée et personne n'y vient jamais. » Par la porte de l'appentis restée ouverte filtre la pâleur verdâtre de la lumière du Nacarun, Paola distingue à peine le long corps qui se termine par la pointe du bonnet de laine, le regard un peu halluciné : « Tu as besoin de quelque chose d'autre, je ne sais pas, à manger, du savon ? demande-t-elle. – Non, merci, pour le moment j'ai tout... Juste pouvoir m'installer dans la grande salle, le temps que l'argent arrive pour le passage en Suisse. Ce serait seulement pour quelques jours... – Demain matin je te glisserai un mot avec la réponse sous la porte, comme ça je te dirai aussi le meilleur moment pour venir », elle a essayé de lui sourire mais il a du mal à la distinguer dans le noir. Le Nacarun est sûrement en train de les espionner et Paola est pressée de rentrer chez elle, alors ils ne se sont même plus frôlés, même pas un serrement de main, et elle est descendue rapidement dans le ronronnement de la dynamo, le faisceau de lumière tombant pour éclairer les cailloux du sentier.

Dans la cuisine il y a une odeur de soupe, sa mère aux fourneaux lui tourne le dos. « Je dois te demander quelque chose », a dit Paola arrêtée sur le seuil. La marmite bout, les pâtes viennent juste d'y être jetées. « Parle, dit sa mère sans se retourner, mais ne me demande pas encore une fois de ne pas t'envoyer chez les sœurs à Ivrea. – Non, non... c'est quelque chose d'autre, bien plus important. Ce n'est pas pour moi, c'est pour Ettore. – Ettore ? Et qu'est-ce qu'il nous veut ? », sa mère a pris la cuillère en bois et tourne maintenant rapidement la soupe de légumes pour que les pâtes n'attachent pas au fond, Paola voit ses cheveux mêlés de blond et de gris roulés en boule derrière la nuque, le cou blanc, un peu gras à la hauteur des premières vertèbres, les rubans du tablier noués à la taille. « Il demande s'il peut venir se cacher dans la grande salle du bas, personne ne s'en apercevrait et il se sentirait plus en sécurité, de toute façon nous on ne s'en sert pas… » Sa mère s'est retournée : « Ah non ! » a-t-elle dit tout de suite. Elle tient encore la cuillère de bois à la main, le visage échauffé par les fourneaux. « J'en ai déjà bien assez des soucis, moi, avec un fils prisonnier en Russie !… – Ce serait juste pour quelques jours, il ne dérangerait pas du tout », a répliqué Paola à voix basse. Mais sa mère de nouveau tourne le dos, la fumée monte de la marmite : « Et qui dit que c'est juste pour quelques jours ? », quelques cheveux échappés aux épingles dessinent de petits fils sur son col blanc, « Non, écoute, ce n'est pas le moment, n'insiste pas… » La cuillère a recommencé à tourner avec énergie dans la marmite. « Va plutôt appeler ta sœur et Pirro, a-t-elle ajouté, dis-leur de venir parce que c'est bientôt prêt… »

C'est ainsi que les Allemands ont pris Ettore. Ils sont allés tranquillement l'arrêter un matin de soleil et ils l'ont amené devant l'Albergo Aquila avec des chaînes aux poignets. On s'est beaucoup demandé dans le village qui l'avait vendu aux S.S. Pendant pas mal de temps on a soupçonné un employé de la mairie qui avait un fils tuberculeux et courait toujours après l'argent pour du lait et de la viande. À la fin des années cinquante seulement on a su que c'était le Nacarun qui l'avait trahi ; et les cinq mille lires que les Allemands payaient pour un Juif il se les était fait donner en billets de cent pour pouvoir les échanger sans éveiller les soupçons quand un marchand ambulant passait par le village. Il gardait l'argent caché dans un sac de toile cousu dans son oreiller. De temps en temps il défaisait le fil et sortait un billet, puis recousait le tout avec des points d'un centimètre dans le crissement des feuilles de maïs. Il a continué comme ça jusqu'à la fin de la guerre, quand ces billets ont perdu leur valeur. « *Caossinera, striplà, a val nen tní el cul streit...* » On l'entendait encore marmonner cela entre ses dents quand il descendait au village s'acheter son vin et que quelqu'un se moquait de lui ; il soufflait un grand coup furibond par le nez.

Qui l'a raconté au curé, au moment de mourir, c'est cette femme qui paraissait sortie d'un tableau de Bosch et que le Nacarun payait de temps en temps pour qu'elle *couche* aussi avec lui. Mais le tennis avait alors été délaissé au profit de deux nouveaux terrains construits près de l'Albergo Aquila et l'appentis en bois prenait eau de partout, le Nacarun passait plus de temps à l'hôpital que sur son matelas, personne ne se sentait d'aller remuer une histoire infâme où tous avaient leur part de responsabilité. De toute façon, de la famille d'Ettore, personne n'était revenu. Il restait juste une sœur, qui avait émigré au Canada en 38, au moment de la promulgation des lois raciales.

Pirro, le matin où il avait appris qu'on emmenait Ettore, avait enfilé le premier vêtement qu'il avait trouvé et couru sur la place pour le voir une dernière fois. Dans sa tête, comme une idée fixe, il y avait le disque de la *Paloma* et le soir où il avait ôté le bras du gramophone. Il est arrivé devant l'Albergo Aquila au moment où on le faisait monter dans un camion avec deux autres jeunes gens soupçonnés d'être des partisans. Ils étaient tous les trois attachés par la même chaîne, Ettore était le dernier et portait le chandail à rayures rouges et bleues qu'il enfilait toujours à la fin d'une partie de tennis, son bonnet de laine pointu sur la tête. Devant le café sur la place, debout au milieu des autres qui regardaient le spectacle, tout essoufflé encore de sa course, Pirro lui a hurlé : « *Fate curagi Ettore, al disco della Paloma y pensu mi...* », courage, je m'en occuperai moi, du disque de la *Paloma*. Il essayait de fanfaronner pendant que les autres autour le regardaient comme s'il était fou. Ettore s'est retourné : ses yeux le cherchent parmi les autres, ses paupières clignent à cause du soleil qui le frappe en plein visage. Enfin leurs regards se croisent, Pirro a l'impression qu'Ettore esquisse une sorte de sourire tandis que ses yeux où la pupille a mangé tout le gris retrouvent un instant leur lumière : « *A bsogna mostreje ij dent al luv...* » lui crie-t-il du camion. Sa voix est rauque. Il n'y a pas eu de temps pour autre chose, un S.S. l'a poussé à l'intérieur, Ettore a glissé sur le plateau en bois, allant heurter du visage contre la ridelle, et le camarade attaché à lui par les poignets l'a aidé à se relever, ils ont levé en l'air un instant leurs bras unis par la chaîne. Peut-être un dernier au revoir. Peut-être un signe de lutte et de victoire. À ce moment-là Pirro s'est juré de venger ce qu'il voyait, tellement c'était infâme.

Ce matin-là il est rentré tout de suite à la maison, sa tante et ses cousines par ce beau temps sont sorties faire des commissions, il commence à fouiller partout à la recherche de tout ce qui pourrait lui servir. Il fait une à une les chambres vides, arrache les couvertures des lits, ouvre les tiroirs et vide les porte-monnaie de ses cousines. Il prend des serviettes, des pulls en laine, pas de boîtes de conserve, non c'est trop lourd, mais des couteaux de cuisine oui, on ne sait jamais. Il arrive dans la grande salle en bas où est resté son harmonica et il le prend aussi, en même temps qu'un sac de trois kilos de riz que sa tante a caché derrière un paquet de revues. Dehors un beau soleil s'est levé et le vent qui descend des montagnes sèche les flaques d'eau, sa tante et ses cousines avec les commissions sont déjà sur le chemin du retour. Il jette tout ce qu'il a ramassé dans deux havresacs, il en met un sur son dos et l'autre, à l'envers, par-devant. Quand sa tante et ses cousines arrivent à la maison, il y a sur la table de Pirro le livre d'Histoire du Droit romain qui maintient un bout de papier arraché à son cahier de notes : « Ils ont emmené Ettore, j'ai choisi, je pars dans la montagne. Ne vous inquiétez pas pour moi. Ce que je vous ai pris je vous le rendrai dès que je pourrai. »

Personne ne l'a vu monter vers le Corno Bussola, ou qui l'a vu n'a rien dit. Pourtant un garçon avec un sac sur le dos et un autre, à l'envers, par-devant, c'était difficile de ne pas le remarquer. Sa tante est désespérée, pas tellement pour les couvertures et les couteaux de cuisine, ou le porte-monnaie de ses filles, mais parce que ce choix de Pirro, pour elle c'est un suicide. Elle ne s'est pas encore aperçue du sac de riz qui a disparu de sous les vieilles revues de mode. Un neveu c'est toujours quelqu'un de la famille ; que dira-t-elle à son mari quand il montera samedi de Turin ? Il n'est pas du genre à apprécier les décisions radicales, surtout si ce sont des décisions où l'on risque sa peau. *Trahison, pas trahison* : ils en ont parlé pendant des semaines avec Pirro pour essayer de le raisonner.

Paola est enfermée dans sa chambre et elle pleure, jetée sur son lit. À toutes les questions qui se bousculent dans sa tête il n'y a pas de réponse possible ; et la tristesse en cette journée radieuse de fin d'automne est un puits obscur dont on ne voit pas le bout. Elle ne sait pas encore que pris au piège tout au fond il y a Ettore avec ses pupilles dilatées, ses lèvres qui l'aspirent jusque dans ses entrailles. Un Ettore qui reviendra au fil des ans, comme une lueur dans l'eau, et toutes ces questions restées sans réponse, destinées à aller et venir dans le silence des heures mortes. À se cogner, lancinantes, à cette autre image, fixe celle-là et raide comme si elle était de plâtre : sa mère qui se retourne, la cuillère en bois à la main, le visage échauffé par les fourneaux, ces mots comme des blessures : *Ah non ! J'en ai déjà bien assez des soucis, moi, avec un fils prisonnier en Russie !...*

Marilú, au contraire de sa sœur, était passée ce matin-là tout excitée d'une chambre à l'autre. L'idée d'avoir un cousin partisan l'exaltait, et dans le soleil qui frappait oblique le plancher de bois ses pas sans s'arrêter avaient retenti pendant qu'elle vérifiait ce que Pirro avait emporté. À travers les portes ouvertes sa voix arrivait toute en aigus : « Pirro a pris mon petit couteau suisse, criait-elle, il a pris la lampe de poche de Paola ! Pirro a pris la thermos bleue avec le gobelet ! Il a pris aussi le pyjama de papa, avait-elle averti d'une voix triomphante, celui en grosse flanelle qui était à repasser... »

À la mère de Giorgio les fascistes de la République de Salò remirent son poignard et sa veste ensanglantée, criblée de trous d'une épaule à l'autre. C'était en mars 45 et sur cette veste Giorgio portait cousus les insignes de son grade : sous-officier pour faits de guerre. Mais quelles batailles il avait livrées, et où, cela n'a jamais été clair parce que sa guerre s'est déroulée tout entière dans ce triangle qui va de Baveno à Cannobio pour se refermer à Luino. Quand les partisans l'ont tué d'une rafale de balles, il rentrait en camion avec ses camarades, la mitraillette entre ses genoux dans l'obscurité de la nuit. Sa jeune maîtresse, dès qu'elle avait appris sa mort, s'était enfuie de l'hôtel au bord du lac en emportant tout, même le stylo-plume et le journal dans lequel Giorgio racontait sa guerre, jour après jour. Les Russes étaient maintenant à Budapest et les blindés du général Patton, le Rhin franchi, défilaient dans les villes du Troisième Reich réduites à des murailles de ruines squelettiques : pourquoi une jolie fille brune, enceinte qui plus est, serait-elle restée là, dans cet hôtel aux velours tachés par toutes sortes de liquides où pendant des mois s'étaient croisés les espions, les collaborateurs, les prostituées de la moitié de l'Europe ?

Vers la fin de l'été 45 la mère de Giorgio loua une automobile et se mit à explorer le village autour du lac Majeur pour chercher des informations sur la jeune fille et l'enfant. Elle ne connaissait, de la jeune fille, que le prénom, parce que son fils une fois l'avait laissé échapper.

Jamais Giorgio, pendant ces mois-là, ne lui avait permis de se mêler de ses affaires ; les rares fois où ils s'étaient parlé au téléphone ou s'étaient rencontrés dans quelque café sur une place, à peine hasardait-elle une question sur sa vie sentimentale que Giorgio lui faisait aussitôt une réponse méprisante en détournant les yeux. Il n'avait pas oublié, lui, la nuit où il avait dû parcourir à moitié nu le couloir du Grand Hôtel Brusson, ses vêtements serrés contre sa poitrine et la plante des pieds qui s'écorchait contre la natte posée sur le sol.

Par un porteur qui avait servi à l'hôtel de Baveno, sa mère finit par savoir que la jeune fille venait d'un village du Bas Montferrat. Elle abandonna alors l'automobile pour moins attirer l'attention et commença à parcourir en bicyclette les routes à camions pleines de trous derrière Alessandria. Après le froid polaire de l'hiver un été chaud et luxuriant était arrivé, et les champs non cultivés ressemblaient à la savane africaine ; elle s'aventurait sur les routes ensoleillées et poussiéreuses, le long des fossés verts de roseaux, et elle arrivait dans les fermes les plus perdues où les paysans avaient recommencé à travailler comme des fourmis. Mais à ses questions les femmes sous les grands chapeaux de paille la regardaient de travers. Ce n'était pas très bon pour la santé en ce premier été de la paix d'aller se promener en posant toutes ces questions sur une fille qui avait été à Salò la maîtresse d'un membre des Chemises noires qu'on avait assassiné. Elle, elle regardait toutes les filles très jeunes et brunes, cherchant si par hasard il y avait près d'elles un bébé qui venait de naître. Et si quelqu'un prononçait ce prénom qu'elle n'avait entendu qu'une seule fois, sa respiration aussitôt s'arrêtait.

Mais cette fille semblait disparue dans le néant, et peut-être même que cet enfant n'est jamais né.

Cascina della Crocetta, Carmagnola. Je n'ai envoyé aucune lettre à cette adresse parce que je n'ai jamais écrit à Laura. Une fois à Rome, le couvre-feu et l'occupation allemande, la peur d'une guerre qui chaque jour paraissait sur le point de finir et savourait au contraire par à-coups l'horreur de la mort se sont superposés avec violence à mes dernières peines de cœur.

Ainsi je n'ai plus rien su de Laura et d'Augusto. Pas plus que je n'ai su s'il existait, ou pas, une *cascina della Crocetta*, une ferme de la Petite-Croix, à Carmagnola.

Collection de littérature étrangère

Harold Acton, *Pivoines et Poneys*

Felipe Alfau, *Chromos*

James Baldwin, *La Chambre de Giovanni*
La Conversion

Melissa Bank, *Manuel de chasse et de pêche à l'usage des filles*

Elizabeth Bowen, *Dernier Automne*
Eva Trout
La Chaleur du jour

Paul Bowles, *Le Scorpion*
L'Écho
Un thé sur la montagne

Louis Buss, *Le Luxe de l'exil*

Robert Olen Butler, *Un doux parfum d'exil*
Étrange Murmure
La Nuit close de Saigon
La Fille d'Hô Chi Minh-Ville

Peter Cameron, *Week-end*
Année bissextile
Andorra

Truman Capote, *Un été indien*
Entretiens

Bernardo Carvalho, *Aberration*
Les Ivrognes et les Somnambules
Les Initiales

Raymond Carver, *Les Trois Roses jaunes*

Willa Cather, *L'Un des nôtres*
La Maison du professeur

Daniel Chavarría, *Madrid, cette année-là*

Piero Chiara, *D'une maison l'autre, la vie*

Rafael Chirbes, *Tableau de chasse*
La Belle Écriture
La Longue Marche

Fausta Cialente, *Les Quatre Filles Wieselberger*

Lettice Cooper, *Une journée avec Rhoda*
Fenny

Jim Crace, *L'Étreinte du poisson*

Giuseppe Culicchia, *Patatras*
Paso Doble

Robertson Davies, *L'Objet du scandale*
Le Manticore
Le Monde des Merveilles

Andrea De Carlo, *Chantilly-Express*

Daniele Del Giudice, *Le Stade de Wimbledon*

Erri De Luca, *Acide, Arc-en-ciel*
En haut à gauche
Tu, mio

Heimito von Doderer, *Un meurtre que tout le monde commet*
Les Chutes de Slunj
Les Fenêtres éclairées
Divertimenti

Karen Duve, *Déluge*

Anne Enright, *La Vierge de poche*

Lygia Fagundes Telles, *La Nuit obscure et moi*

Sergio Ferrero, *Le Jeu sur le pont*
Dans l'ombre
Les Yeux du père

Franco Ferrucci, *Les Satellites de Saturne*

Eva Figes, *Lumière*

Ronald Firbank, *Les Excentricités du cardinal Pirelli*
La Fleur foulée aux pieds

David Flusfeder, *William Ivory, un monstre*

Mario Fortunato, *Lieux naturels*

Jane Gardam, *La Dame aux cymbales*

William Gass, *Au cœur du cœur de ce pays*

Kaye Gibbons, *Ellen Foster*
Une femme vertueuse

William Goyen, *Une forme sur la ville*
Le Grand Réparateur

Alasdair Gray, *Pauvres Créatures*

Rodney Hall, *L'Épouse*

Gert Heidenreich, *Adieu à Newton*

Robert Hellenga, *Les Seize Voluptés*

Maxine Hong Kingston, *Les Hommes de Chine*

Christopher Isherwood, *Octobre*

Fazil Iskander, *Les Lapins et les Boas*

Henry James, *Mémoires d'un jeune garçon*
Carnet de famille

Elizabeth Jolley, *Le Puits*

Barbara Kingsolver, *L'Arbre aux haricots*
Les Cochons au paradis
Les Yeux dans les arbres
Un été prodigue
Une rivière sur la lune
Petit Miracle

Binnie Kirshenbaum, *Poésie, sexe et mélancolie*

Fatos Kongoli, *Le Paumé*
L'Ombre de l'autre
Le Dragon d'ivoire
Le Rêve de Damoclès

Mirko Kovą *La Vie de Malvina Trifković*
Le Corps transparent

Wendy Law-Yone, *Tango birman*

Hermann Lenz, *Les Yeux d'un serviteur*
Le Promeneur

David Lodge, *Jeu de société*
Changement de décor
Un tout petit monde
La Chute du British Museum
Nouvelles du Paradis
Jeux de maux
Hors de l'abri
Thérapie
L'Art de la fiction
Les Quatre Vérités
Pensées secrètes

Rosetta Loy, *Un chocolat chez Hanselmann*
Madame Della Seta aussi est juive
La Porte de l'eau

Alison Lurie, *Liaisons étrangères*
Les Amours d'Emily Turner
La Ville de nulle part
La Vérité sur Lorin Jones
Des gens comme les autres
Conflits de famille
Des amis imaginaires
Ne le dites pas aux grands, essai sur la littérature enfantine
Comme des enfants
Femmes et Fantômes
Un été à Key West

Norman Maclean, *La Rivière du sixième jour*
La Part du feu

Bernard Malamud, *Le Peuple élu*
Pluie de printemps

Hilary Mantel, *C'est tous les jours la fête des mères*

Javier Marías, *L'Homme sentimental*
Le Roman d'Oxford
Ce que dit le majordome
Un cœur si blanc

Demain dans la bataille pense à moi
Vies écrites
Quand j'étais mortel
Dans le dos noir du temps

Yann Martel, *Paul en Finlande*

Aidan Mathews, *Du muesli à minuit*
Drôles de sensations

Steven Millhauser, *La Galerie des jeux*
Le Royaume de Morphée
Le Musée Barnum

Vicente Molina Foix, *La Femme sans tête*

Rick Moody, *Purple America*
Démonologie

Lorrie Moore, *Des histoires pour rien*
Anagrammes
Vies cruelles
Que vont devenir les grenouilles ?
Déroutes

Johannes Moy, *Le Bilboquet*

Alice Munro, *Secrets de Polichinelle*
L'Amour d'une honnête femme
La Danse des ombres heureuses

Vladimir Nabokov, *L'Enchanteur*
Nicolas Gogol

Vladimir Nabokov-Edmund Wilson, *Correspondance 1940-1971*

Lewis Nordan, *Attrape-Flèche, Mississippi*

John O'Brien, *Leaving Las Vegas*

Brian O'Doherty, *L'Étrange Cas de mademoiselle P.*

Grace Paley, *Les Petits Riens de la vie*
Plus tard le même jour
C'est bien ce que je pensais

Pier Paolo Pasolini, *Descriptions de descriptions*

Ann Patchett, *Bel Canto*

Walker Percy, *Le Cinéphile*
Le Syndrome de Thanatos
Le Dernier Gentleman

Darryl Pinckney, *Noir, Marron, Beige*

E. Annie Proulx, *Nœuds et dénouement*
Cartes postales
Les Pieds dans la boue

James Purdy, *Gertrude de Stony Island*

Sergio Ramírez, *Le Bal des masques*

Elisabetta Rasy, *La Première Extase*
La Fin de la bataille
L'Autre Maîtresse
Transports

Laura Restrepo, *Douce Compagnie*
Le Léopard au soleil

Bernice Rubens, *Le Visiteur nocturne*

Umberto Saba, *Couleur du temps*
Ombre des jours

Juana Salabert, *Avenir, souvenir*

John Saul, *De si bons Américains*

Carl Seelig, *Promenades avec Robert Walser*

Jane Shapiro, *Le Mari dangereux*

Jane Smiley, *Portraits d'après nature*
L'Exploitation
Un appartement à New York
Moo
Chagrins
Le Paradis des chevaux

Natsumé Sôseki, *Oreiller d'herbes*
Clair-obscur
Le 210e Jour
Le Voyageur
À travers la vitre

Tilman Spengler, *Le Peintre de Pékin*

Gertrude Stein, *Brewsie & Willie*

Wilma Stockenström, *Le Baobab*

Italo Svevo, *Le Destin des souvenirs*

Elizabeth Taylor, *Mrs. Palfrey, Hôtel Claremont*
Cher Edmund
Noces de faïence
Une saison d'été
La Bonté même
Le Papier tue-mouches
Une partie de cache-cache
Le Cœur lourd
Vue sur le port
La Belle endormie

Pramoedya Ananta Toer, *Le Monde des hommes*

Federigo Tozzi, *Bêtes*

Janette Turner Hospital, *L'Opale du désert*

Daniel Villasenor, *Le Lac des orphelins*

Vladimir Voïnovitch, *La Chapka*

Paul West, *Le Médecin de Lord Byron*
Les Filles de Whitechapel et Jack l'Éventreur
Le Palais de l'amour

Thomas Wharton, *Le Champ de glace*

Leslie Wilson, *Maléfices*

Tim Winton, *La Femme égarée*
Les Ombres de l'hiver

Banana Yoshimoto, *N· P*
Lézard
Dur, dur

Evguéni Zamiatine, *Le Pêcheur d'hommes*

Chiara Zocchi, *Olga*

CET OUVRAGE
A ÉTÉ TRANSCODÉ
ET ACHEVÉ D'IMPRIMER
PAR L'IMPRIMERIE FLOCH
À MAYENNE EN OCTOBRE 2002

N° d'impression : 55076.
D.L. : octobre 2002.
(Imprimé en France)